www.fleuruseditions.com
Direction : Guillaume Pô
Direction éditoriale : Sarah Malherbe
Conception de la collection : Émilie Beaumont et Jack Delaroche
Édition : Élodie Condé, assistée d'Emma Gibaux
Conception graphique : Éric Laurin
Direction artistique : Bleuenn Auffret
Mise en pages : Cromatik Ltée
Direction de fabrication : Thierry Dubus
Fabrication : Sonia Roméo

Dépôt légal : mars 2022
ISBN : 978-2-2151-7906-1
Code MDS : 188813N2
N° d'édition : J22084
Achevé d'imprimer en février 2022
par Rotolito Romania S.A en Roumanie.

Fleurus Éditions s'engage pour la planète :
cet ouvrage est imprimé de façon éco-responsable,
sur du papier PEFC™.

Conforme à la loi n°49-956 du 16 juillet 1949
sur les publications destinées à la jeunesse,
modifiée par la loi n°2011-525 du 17 mai 2011.

PEFC™
PEFC/46-31-13

Certifié PEFC

Ce produit est issu de forêts gérées durablement et de sources contrôlées

www.pefc.ro

L'imagerie
LA FERME

TEXTES
Marie-Renée Guilloret

ILLUSTRATIONS
Sandrine Lamour

Nous remercions pour leur relecture précieuse Damien Rio, producteur de légumes et de fruits rouges, Jean-Marie Aubert, agriculteur et éleveur, et Yves Luchetti, paysan boulanger. Merci également à Thérèse Pouil, qui nous a permis de représenter « l'Olivoile », réceptacle à olives (p. 56).

FLEURUS

FLEURUS ÉDITIONS, 57, RUE GASTON-TESSIER 75019 PARIS
WWW.FLEURUSEDITIONS.COM

Sommaire

LES TYPES DE FERMES

L'agriculture biologique

Toutes les fermes ne se ressemblent pas : l'agriculteur peut choisir entre la culture dans les champs, l'élevage, la plantation de vergers…

1 Les vaches passent l'hiver à l'**étable**. Ici, des panneaux solaires sont installés sur le toit. Ils produisent de l'électricité.

2 La **salle de traite**, où l'on trait les vaches pour recueillir le lait, se trouve près de l'étable.

3 Dans le **poulailler**, on élève la volaille.

4 Les **champs** sont les terres cultivées : par exemple, on y sème le blé ou on y plante les pommes de terre.

5 Ce grand jardin est consacré aux **cultures maraîchères** : la salade, les fines herbes, etc.

Dans une ferme bio, l'agriculteur utilise des engrais naturels comme le compost. Les cultures sont variées pour ne pas épuiser la terre. Il peut aussi élever quelques animaux en plein air.

6 Le **fumier** est le mélange de paille et de déjections d'animaux. Il est transformé en **compost** avant d'être répandu dans les champs comme engrais.

7 Les **haies** séparent les champs et les prés. Elles produisent le bois pour le chauffage, protègent du vent, donnent de l'ombre aux animaux, et empêchent l'eau de pluie de s'écouler trop vite.

8 La paille, le foin et les céréales sont stockés dans la **grange**.

9 Les grandes **prairies** servent de pâturage aux animaux.

10 Dans le **verger**, des arbres sont cultivés, comme les pommiers. Ils sont bien espacés les uns des autres.

Le métier de cultivateur et de cultivatrice

Les cultivateurs sont des chefs d'entreprise qui savent organiser leur activité en fonction des saisons et de la nature des sols qu'ils cultivent.

Le cultivateur travaille au rythme des saisons : labourer, semer, récolter… Il entretient les haies qui bordent les prés. Il veille au bon fonctionnement des machines agricoles, qu'il partage souvent avec ses collègues.

Le cultivateur travaille avec des techniciens qui le conseillent pour le choix des cultures, l'achat des semences et du matériel, jusqu'à la vente de la production.

Le métier d'éleveur et d'éleveuse

Les éleveurs vendent parfois les animaux dès leur naissance. Ils peuvent aussi les élever pour vendre leurs œufs, leur lait ou leur viande.

L'éleveur prend soin des animaux. S'il élève des vaches, des brebis ou des chèvres, il les trait matin et soir.

Il cultive parfois les terres pour nourrir ses bêtes. Il fait du foin avec l'herbe, ramasse la paille pour la litière.

Comme le cultivateur, l'éleveur s'occupe de la comptabilité de son entreprise. Il doit aussi connaître les nouvelles technologies qui ont transformé les méthodes de production ces dernières années.

À la ferme-cueillette

Chacun peut venir à la ferme-cueillette pour y ramasser des fruits, des légumes, et même des fleurs.

La cueillette commence : chacun prend un sac, un panier ou une brouette. Le fermier prête des bêches pour déterrer pommes de terre ou carottes, et des sécateurs pour couper les tiges des fleurs.

Si besoin, on passe les produits sous l'eau à l'aire de lavage. Puis on va peser la cueillette avant de payer.

On peut acheter un panier préparé par le fermier. Il contient un assortiment de produits récoltés dans la semaine.

Une exploitation agricole connectée

L'agriculture fait de plus en plus appel à des robots, au GPS et à de multiples applications téléchargées sur les smartphones.

Même au milieu du champ, équipé de sa tablette ou de son smartphone, l'agriculteur reste connecté.

Le drone, petit avion sans pilote, survole les cultures pour cibler la zone à désherber ou celle qui a besoin d'engrais.

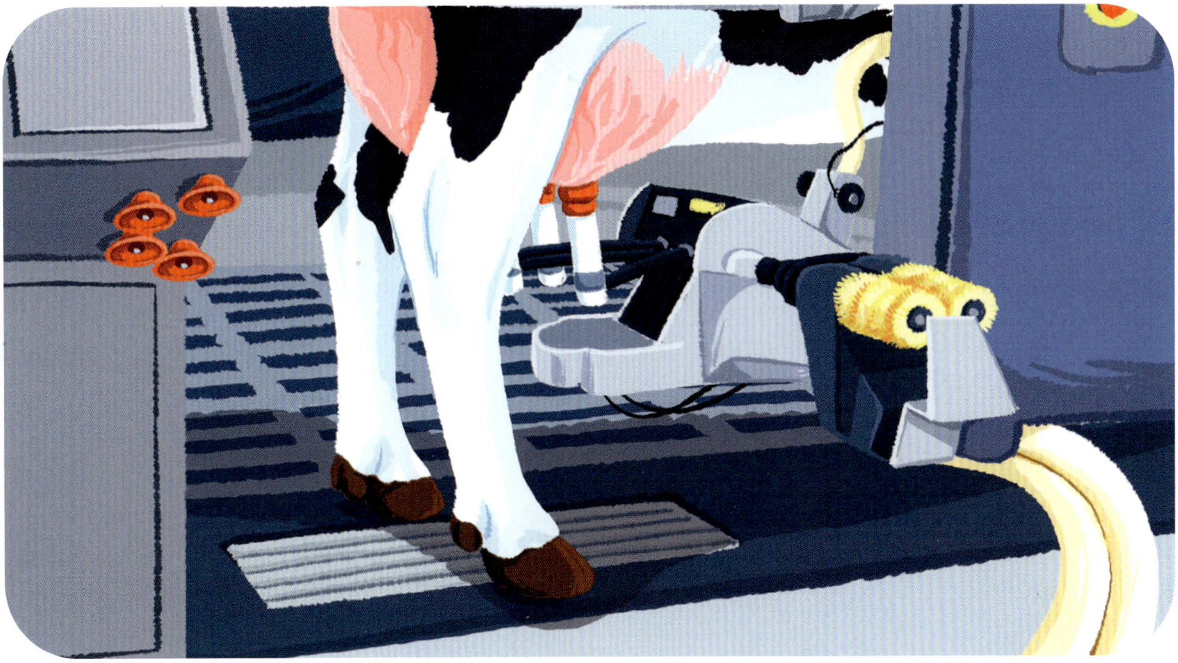

Dans cette ferme, c'est un robot qui fait la traite. Il reconnaît une vache et les trayons se placent précisément sur ses pis. Quand il n'y a plus de lait, le robot s'arrête. Sur un ordinateur, l'éleveur contrôle la quantité de lait tiré.

Des fermes en ville

De nos jours, de plus en plus de personnes habitent en ville et un nouveau type d'agriculture se développe pour nourrir cette population.

Les « fermes urbaines », installées dans des bâtiments fermés ou sur des toits, permettent de faire pousser toute l'année des fruits et des légumes à proximité des clients, limitant ainsi les besoins en transport.

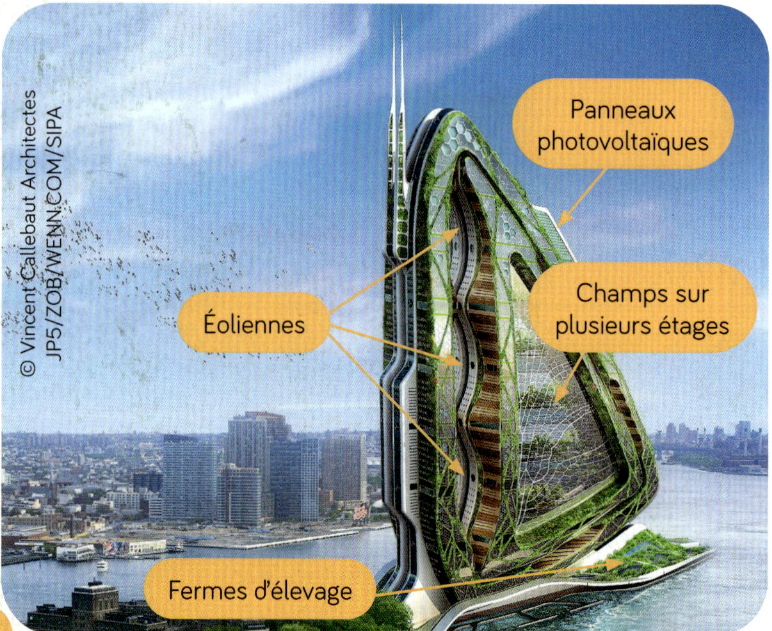

Dragonfly est un projet d'immeuble en forme d'aile de libellule qui s'élèverait à New York, aux États-Unis. Il se diviserait en trois parties : bureaux, habitations et fermes. Une grande serre protégerait des champs de céréales et de légumes sur plusieurs étages. À la base du bâtiment, on élèverait des animaux. L'électricité serait fournie par des panneaux photovoltaïques et des éoliennes.

LES CULTURES

Soigner la terre avec du compost

Le fumier est un mélange de paille, de bouse et d'urine de vache. Laissé à l'air libre, il va se transformer en compost.

Avec un chargeur à godet, on charge le fumier dans l'épandeur.

Le fumier est déposé en larges bandes : les andains.

Le retourneur d'andains brasse le fumier qui va devenir du compost.

L'épandeur va déposer le compost sur les champs.

Protéger les cultures

Des produits sont parfois utilisés pour détruire les champignons et les mauvaises herbes, ou éliminer les insectes qui dévorent les cultures.

Le pulvérisateur est attelé au tracteur. Le produit ne doit pas se disperser hors du champ, aussi l'agriculteur travaille quand il n'y a pas trop de vent.

Si une plante est attaquée par un insecte, au lieu d'utiliser des produits chimiques, on peut introduire un autre insecte qui mangera le premier.

Le tracteur

On trouve cet engin dans toutes les fermes. On y attelle les outils qui servent au travail de la terre, ou encore de lourdes remorques.

Certains tracteurs peuvent aujourd'hui se diriger tout seuls. L'agriculteur entre dans l'ordinateur la trajectoire voulue et il laisse faire l'engin ! Il peut se concentrer sur d'autres activités, comme surveiller l'outil attelé.

Depuis la cabine, le conducteur dirige le tracteur et manœuvre les outils attelés.

Le **tracteur** peut être équipé d'une console avec un écran qui permet au conducteur de programmer les manœuvres. Pour son confort, il règle la climatisation, l'éclairage, ou encore la radio. Grâce au GPS, il repère les endroits où les cultures ne poussent pas bien et où il faut épandre de l'engrais, une poudre riche en produits qui nourrissent les plantes.

Les labours

Avant de semer, le cultivateur prépare la terre des champs. Lorsqu'il laboure, il attelle au tracteur un engin qui va retourner la terre : la charrue.

Les socs de la charrue retournent le sol profondément.
Les différentes couches de terre sont mélangées. Les déchets de la récolte précédente sont enfouis et les mauvaises herbes tarderont à repousser.

Les cultures sans labour

Le travail de la charrue perturbe l'équilibre du sol et les organismes qui y vivent. C'est pourquoi certains agriculteurs décident de ne pas labourer.

Au lieu de labourer, l'agriculteur sème des plantes (trèfle, moutarde, etc.) qui nourrissent la terre et favorisent la venue des vers de terre. En creusant leurs galeries, ceux-ci brassent la terre et font le même travail que la charrue.

Les plantes qui recouvrent le sol le protègent du soleil, du vent et de la pluie. Après la floraison, le déchaumeur les coupe et les mélange à la première couche de terre. Après plusieurs passages, la terre est prête pour les semailles.

Semer les graines

Quand la terre est prête à recevoir les graines, on attelle au tracteur un semoir, qui va déposer les graines dans le sol.

1 Le disque ouvreur creuse un sillon dans la terre. La roue (en rouge) commande la profondeur du sillon. 2 Les graines descendent par les tuyaux. 3 La roue de fermeture du sillon recouvre les graines avec la terre.

La moissonneuse-batteuse

Moissonner, c'est couper et récolter la plante quand son grain et sa tige sont mûrs et secs. Le blé est moissonné en juillet ou en août.

La moissonneuse est aussi batteuse : elle bat le blé pour séparer les grains de leur tige. Quand la tige sèche, elle devient de la paille. Parfois, on la réduit en miettes.

1 Autour des dents de la moissonneuse, un **diviseur** délimite la largeur de coupe.

2 Le **rabatteur** pousse les tiges coupées vers le convoyeur.

3 Le **convoyeur** envoie les tiges vers les batteurs.

Les grains de blé remontent dans le tube de déchargement et tombent dans une remorque.

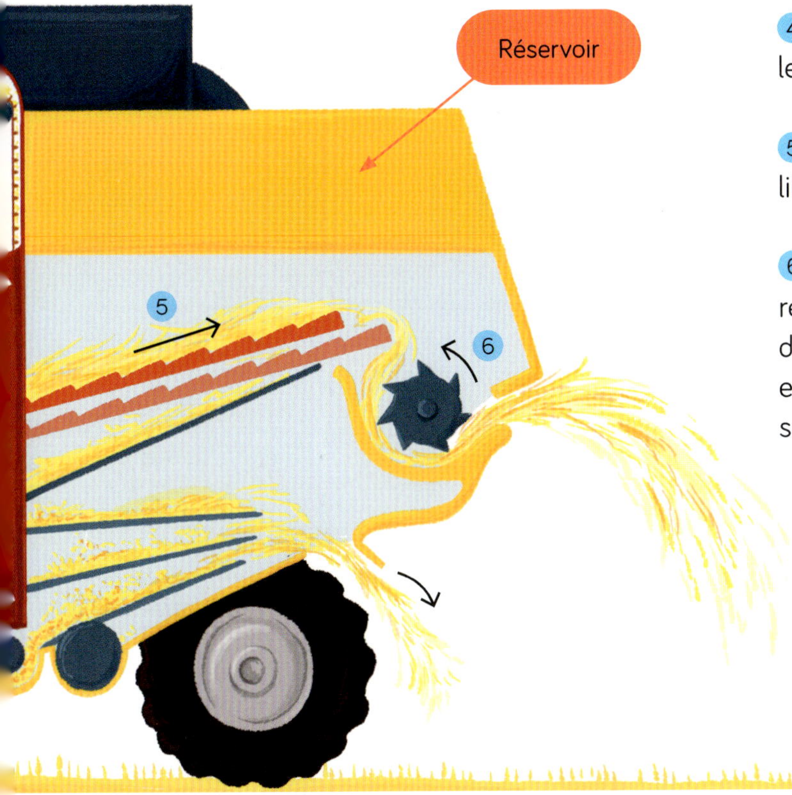

4 Les **batteurs** séparent les grains des épis.

5 Les **peignes secoueurs** libèrent les derniers grains.

6 L'**éparpilleur de paille** rejette la paille à l'arrière de la machine. Parfois, la paille est broyée et les miettes sont dispersées sur le champ.

Les grains de blé sont déchargés dans une remorque et transportés jusqu'au moulin, puis stockés dans de grands silos.

À l'arrière, l'éparpilleur dégage des tiges sèches. C'est la paille.

Ramasser la paille

La paille comprend les tiges sèches et les épis vidés de leurs grains. Après la moisson, elle est aspirée puis pressée en balles ou en bottes.

On attelle au tracteur un engin : la presse. Le tracteur avance et la presse se remplit de paille, qu'elle comprime en balle. Quand la presse est pleine, elle déclenche l'arrêt du tracteur. La paille est alors automatiquement entourée d'un film en plastique.

Quand la balle est formée et bien liée, le rideau de la presse s'ouvre et la balle de paille est éjectée. Le rideau se referme, le tracteur avance et la presse se remplit à nouveau de paille.

On trouve aussi des bottes de paille comme celle-ci.

Les balles de paille sont stockées dans un hangar. Elles servent de litière pour les animaux de la ferme. L'agriculteur peut aussi vendre sa récolte à d'autres fermiers ou à des éleveurs de chevaux.

Le tracteur soulève les balles de paille puis les charge dans une remorque à l'aide d'un chargeur.

Une fois au hangar, le conducteur manœuvre les fourches du chargeur. Elles saisissent les balles une à une et les empilent jusqu'au toit du bâtiment.

Les céréales

Les céréales sont des plantes qui poussent en épis et dont on récolte les graines. On en cultive de nombreuses sortes. En voici quelques-unes.

Avec le blé, on fait de la farine. Elle sert à faire du pain, des gâteaux, de la semoule ou des pâtes.

Avec l'avoine, on prépare les flocons du petit déjeuner. C'est aussi la nourriture que l'on donne aux chevaux.

On mange le maïs en grains ou en farine. C'est avec des grains de maïs soufflés qu'on fait le pop-corn.

Le riz pousse la tête au soleil et les pieds dans l'eau. Il nourrit des millions d'hommes à travers le monde.

La croissance du grain de blé

À partir d'un grain de blé, qui germe dans la terre humide, on obtient un épi de blé bien mûr qui donne plein de nouveaux grains.

3. Le tallage
La première tige pousse et d'autres apparaissent.

4. La montaison
Au sommet de la tige, l'épi commence à se former.

5. L'épiaison
Dans l'épi, les grains de blé se développent.

2. La levée
Une tige perce la terre. Les racines se développent.

6. La floraison
Les épis sont tous formés et grossissent.

1. La germination
La graine gonfle et se fend. Une première racine apparaît.

7. La maturation
Les grains deviennent tout jaune au bout de 4 à 7 mois.

Du grain de maïs à l'épi

Les tiges de maïs poussent très haut. Elles ont besoin de beaucoup d'eau. Le fermier les coupe en automne, quand les épis sont mûrs.

Les grains sont semés et germent dans la terre. On garde les plus beaux plants et on arrache les autres pour faire de la place.

La fleur mâle se forme en haut de la tige 1. Plus bas sur la tige, les longues soies de la fleur femelle apparaissent 2.

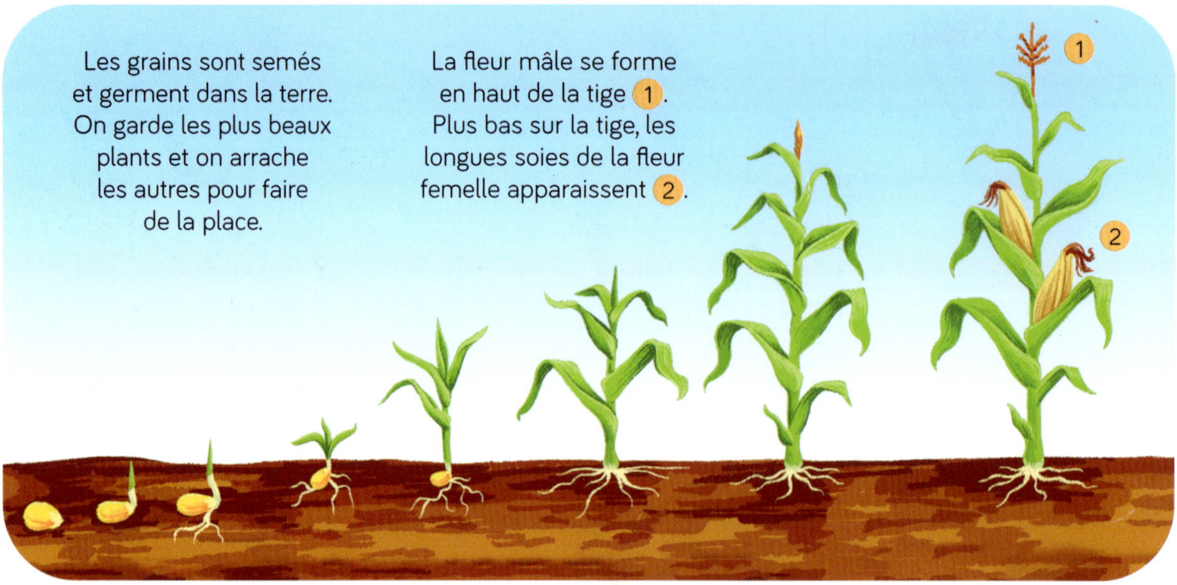

Le pollen des fleurs mâles va se poser sur les soies des fleurs femelles : c'est la fécondation. Elle peut se faire sur la même plante ou d'une plante à une autre.

La fleur femelle se transforme en grains et l'épi grossit peu à peu.

Les grains de l'épi sont bien enveloppés dans une sorte de cornet.

Cent jours environ après le semis, l'épi est doré. Il est prêt à être récolté.

La récolte du maïs grain

Les grains de maïs sont récoltés par une moissonneuse-batteuse, équipée d'un outil qui détache les épis des tiges : le cueilleur-épanouilleur.

La moissonneuse déracine les tiges, puis des rouleaux détachent les épis. Sous le cueilleur, des broyeurs réduisent les tiges en miettes et les répandent sur le champ. Dans la machine, les grains sont détachés de l'épi et stockés dans la trémie.

Quand la réserve du cueilleur est pleine de grains, la machine se dirige vers une remorque. Les grains remontent dans un tube de déchargement et sont déversés dans la remorque. Le maïs est ensuite stocké dans des séchoirs.

La récolte du maïs fourrage

Contrairement au maïs grain, le maïs fourrage est récolté avant d'être mûr. Transformé en ensilage, il sert de nourriture aux animaux l'hiver.

Les tiges et les feuilles du maïs fourrage sont encore vertes. Ses grains commencent tout juste à se former.

La récolteuse hacheuse est aussi appelée « ensileuse ». Elle coupe la plante et la broie en menus morceaux.

Bien à l'abri dans le silo, l'ensilage de maïs peut se conserver pendant dix-huit mois. Les vaches l'apprécient !

La culture du riz

Le riz a besoin de chaleur et d'humidité pour pousser. Il est cultivé dans les rizières, des parcelles de terre reliées à un cours d'eau par des canaux.

Au printemps, quand la terre est prête, l'eau circule dans des canaux. La rizière se couvre de 10 cm d'eau au moins.

Puis on sème les graines de riz dans l'eau. Quand le soleil réchauffe la rizière, les graines germent plus facilement.

Au cours de l'été, la rizière s'assèche peu à peu. Les grains de riz sont récoltés à la fin de la saison par une moissonneuse-batteuse.

En Asie, dans les régions montagneuses, les rizières sont souvent disposées en terrasses. Pour les irriguer, l'eau descend du sommet et circule dans des canaux.

Le colza

Le colza est souvent semé entre deux cultures de blé. Il limite la pousse des mauvaises herbes et empêche les insectes de s'installer.

Les graines de colza sont semées avant l'automne. Au début du printemps, les champs de colza sont en fleur. La moisson commence au début de l'été.

Avec les graines de colza, on produit de l'huile.

Mélangée à la paille de maïs, la paille de colza est donnée en fourrage aux animaux.

Le tournesol

Le tournesol est reconnaissable à ses grandes fleurs qui ressemblent à un soleil. Ses graines sont pressées pour produire de l'huile alimentaire.

Les graines sont semées au printemps. Les jeunes plants se tournent vers le soleil tout au long de la journée, ce qui a donné leur nom : « tourne-sol ».

Quand le tournesol est bien mûr, la moissonneuse coupe les tiges, détache les fleurs et recueille les graines dans les becs cueilleurs.

Faire les foins

Entre mai et juin, l'herbe est fauchée puis retournée sur le pré pour mieux sécher. Une fois transformée en foin, elle est compressée en rouleaux.

Le tracteur tire la faucheuse, une machine équipée d'une grande lame très coupante. L'herbe fauchée retombe sur le pré.

Juste après la fauche, une faneuse est attelée au tracteur. Elle retourne l'herbe pour l'aérer grâce à des sortes de dents qui tournent à toute vitesse.

Le foin est un excellent fourrage : l'hiver, il sert de nourriture aux animaux de la ferme pour remplacer l'herbe verte des prés qu'ils consomment l'été.

Une andaineuse est attelée au tracteur. Des râteaux tournent autour d'un axe et rassemblent l'herbe en bandes régulières : les andains. Laissée à l'air libre, l'herbe sèche vite et la mise en bottes est plus rapide.

La presse à balles ramasse l'herbe séchée et la comprime sous forme de bottes rectangulaires, qui sont ensuite stockées dans un hangar.

L'ensilage : préparer du fourrage pour les animaux

Ensiler, c'est couper puis stocker l'herbe des prés. On la conserve en silo (sous une bâche ou dans une tour) ou bien en balle ronde.

L'herbe est fauchée, hachée et projetée dans la remorque.

Déposée sur un sol bétonné, l'herbe est ensuite recouverte d'une bâche.

On peut aussi stocker l'herbe dans un haut silo-tour.

Ici, l'herbe est pressée en balle et enrubannée dans du plastique.

Des racines et des bulbes

Certains légumes sont cultivés pour leur partie souterraine : ils font de grosses réserves de nourriture dans une racine ou dans un bulbe.

Les racines

1 La racine du céleri-rave se mange crue (râpée) ou cuite.

2 La racine du radis se mange crue. Ses feuilles (les fanes) se mangent cuites.

3 La racine de la carotte peut se manger crue ou cuite.

4 La racine de la betterave se mange crue (râpée) ou cuite (froide).

5 La racine du navet se mange cuite, souvent avec d'autres légumes.

Les bulbes

1 Le fenouil est mangé cru ou cuit. Il a un bon goût d'anis.

2 L'échalote crue est émincée dans les vinaigrettes. Cuite, elle parfume les sauces.

3 L'oignon se mange cru ou cuit. Quand on l'épluche, il pique les yeux !

4 Dans une tête d'ail, on trouve plusieurs gousses dont il faut ôter la peau avant de les consommer.

La culture des légumes

Les maraîchers cultivent les légumes soit en plein champ, soit sous un abri : un film plastique bien solide ou une serre que l'on peut chauffer.

1 **En plein champ :** de nombreux légumes (poireaux, carottes, choux ou salades) sont cultivés à l'air libre.

2 **Sous un tunnel plastique :** un film recouvre la terre et les semis. Graines et plantes sont ainsi protégées des insectes, du froid et des fortes pluies. Les légumes peuvent être récoltés plus tôt.

3 **Sous serre :** les légumes fragiles comme les aubergines, les tomates, les concombres ou les courgettes peuvent être cultivés sous serre. Ils sont alors protégés du froid, du gel, du vent, des insectes et poussent plus vite.

La croissance de la pomme de terre

Sous terre, les germes de la pomme de terre plantée se développent et finissent par percer la surface du sol. La plante grandit et fleurit.

Les germes puisent leur nourriture dans la pomme de terre.

À la lumière du jour, les tiges se couvrent de feuilles.

Le plant est en fleur. Sous terre, la pomme de terre se ratatine. Jusqu'à 20 tubercules se développent : ce sont les nouvelles pommes de terre.

Récolter la pomme de terre

Les plants sont en terre au printemps. La plante fleurit en été. Les tubercules qui ont grossi sous terre sont récoltés en automne.

C'est le temps de la récolte : l'arracheuse passe dans les rangs de pommes de terre. Elle les soulève et les envoie dans la remorque.

Une bonne graine : la fève

Les fèves sont de petites graines ovales contenues dans une enveloppe, la cosse. Elles se mangent crues ou cuites.

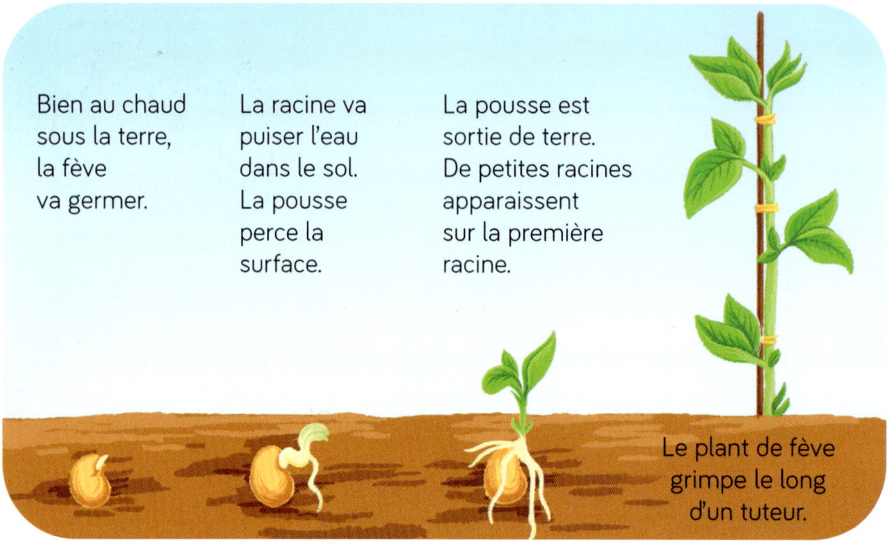

Au cœur des fleurs, des cosses vont se former.

Les fèves sont semées entre octobre et avril, selon les régions, car ses graines se développent plus lentement s'il fait trop chaud. Elles sont récoltées généralement 3 à 4 mois après le semis. Attention, les pucerons raffolent de ces plantes !

Les pétales sont tombés et les jeunes fèves ont grossi dans les cosses. On peut les cueillir. Après la cueillette, les fèves vertes et tendres sont détachées de leur cosse. Une fois séchées, elles se gardent jusqu'en hiver.

Les petits pois et les haricots

Les petits pois sont des graines qui ont grandi dans une longue enveloppe, la gousse. Les haricots verts sont de jeunes gousses encore tendres.

On cueille les gousses de petits pois lorsqu'elles sont encore vertes et très tendres. Il faut les ouvrir (les « écosser ») pour en sortir les graines.

Haricots blancs

Haricots rouges

Quant au haricot vert, c'est sa gousse que l'on mange. Elle est cueillie avant que ses graines ne grossissent. Si on laisse les gousses de certaines variétés sécher sur la plante et les graines se développer, on obtient des haricots blancs ou rouges.

Les petits choux et les gros choux

Les choux appartiennent à une grande famille. Selon les espèces, on mange leurs feuilles ou leurs fleurs, et parfois même leurs bourgeons !

C'est la fleur blanche du chou-fleur que l'on consomme.

Les choux de Bruxelles sont des bourgeons qui poussent sur la tige.

La tête du brocoli est composée de petites fleurs.

Le cœur du chou vert est fait de feuilles bien resserrées.

Fruits ou légumes ?

Les aliments ci-dessous sont considérés comme des légumes, mais en réalité ce sont des fruits, qui naissent de la transformation d'une fleur.

Des poivrons

Des aubergines

Des courgettes

Un avocat

Des tomates

Des concombres

Un potiron

De la fleur au fruit : la tomate

Quand un plant de tomates sort de terre 1, les feuilles apparaissent 2 et poussent sur la tige 3. Des boutons de fleur vont se former 4. Après la chute des pétales, les fleurs grossissent 5 jusqu'à devenir des tomates vertes, puis rouges 6.

DIFFÉRENTES VARIÉTÉS DE TOMATES

La culture des tomates sous serre

Dans la serre, la lumière passe à travers les vitres et réchauffe l'air. La température moyenne est de 18 °C. Tout est contrôlé par ordinateur.

S'il fait trop chaud, des brumisateurs envoient de fines gouttelettes d'eau. L'hiver, il faut parfois utiliser un système de chauffage.

La culture de fraises en pleine terre

Avant de planter les pieds de fraisier, le maraîcher forme des buttes de terre assez larges. Il marchera entre les buttes lors de la récolte.

Le pied de fraisier, avec sa motte de terreau (au milieu ci-dessus), est planté en pleine terre. Pour éviter la pousse des mauvaises herbes, le cultivateur étale entre chaque plant de la paille ou un mélange de bois broyé et de terreau.

Ici, le maraîcher recouvre le sol d'une bâche de plastique.
Il le perce ensuite tous les 30 cm environ, afin de planter les fraisiers.
Le sol reste humide et les mauvaises herbes sont étouffées. Des fleurs vont apparaître.

Les abeilles, qui volent de fleur en fleur, chargent leurs pattes de pollen, puis le laissent tomber au cœur d'une autre fleur. Celle-ci est alors fécondée et son cœur se transforme en fruit. Et voilà une belle fraise !

1 Le fraisier est en fleur.

2 Les pétales tombent. Le cœur des fleurs se transforme en fruit.

3 Les fraises grossissent et rougissent. Elles sont mûres pour la récolte.

Les plants sont parfois cultivés sous un tunnel en plastique. Ils sont ainsi protégés de la pluie et de la grêle.

On ne cueille que les fraises bien rouges. C'est un travail long et fatigant : il faut se baisser ou se mettre à genoux.

La naissance d'une pomme

1 Le bourgeon abrite les feuilles encore toutes neuves.

2 Au printemps, le bourgeon éclate et les feuilles se déplient.

3 Les boutons de fleurs apparaissent.

4 Les pétales de la fleur sont ouverts. Une abeille s'y pose. Elle récolte sur ses pattes une sorte de poussière jaune, le pollen.

5 L'abeille a déposé le pollen au cœur d'une autre fleur. Une petite pomme va alors se former sous les pétales.

6 La fleur du pommier se fane. La pomme grossit et s'arrondit.

7 Sur cette jeune pomme, on remarque les restes de la fleur.

Dans le verger de pommiers

Les nouvelles plantations de pommiers sont réalisées à l'automne. Puis, jusqu'à la récolte, il faut prendre soin des arbres.

L'hiver, la taille permet de garder la forme du pommier. On coupe aussi les branches qui ne donneront pas de fruits.

En cas de grêle au printemps et en été, de grands filets protègent les fleurs puis les fruits.

Revoilà l'automne. Les pommes sont posées une à une dans un sac de cueillette, puis versées dans de grands caissons. Entre deux rangs de pommiers, les allées sont assez larges pour faciliter le passage.

L'olive

L'olivier est un arbre qui peut vivre mille ans ! On récolte ses fruits pour les manger ou les écraser afin d'en extraire de l'huile.

On peut ramasser les olives lorsqu'elles sont encore vertes.
Si on les laisse mûrir sur l'arbre, elles deviennent violettes, puis noires.

Les olives sont cueillies à la main ou à l'aide de peignes qui rabattent les fruits dans un filet. Certains peignes sont électriques et vibrent.

L'ÉLEVAGE

La vache

La vache est élevée pour le lait qu'elle produit, pour le veau qu'elle a chaque année et pour sa viande, vendue en boucherie.

La vache enroule sa langue autour d'une touffe d'herbe avant de l'avaler. Elle rumine : l'herbe passe une première fois dans son estomac, puis revient dans sa bouche sous forme de boulette. La vache la mâche et l'avale à nouveau.

Le taureau et le bœuf

Le taureau est le mâle de la vache. C'est le père des veaux.
Il vit le plus souvent seul dans son pré, car il est très agressif.

On pose un anneau dans le nez du taureau et on le maintient à l'aide d'un licol.
Cela permet de passer une longe pour déplacer ou attacher la bête.

Si le mâle est opéré pour ne pas avoir de petits plus tard, il devient un bœuf robuste et musclé. Il sera ensuite vendu pour sa viande, ou aidera à tirer de lourdes charges.

Des races de bovins

Vache et taureau appartiennent à la famille des bovins. Certaines races sont réputées pour leur lait abondant, d'autres pour leur excellente viande.

Vache prim'holstein

Vache normande

Vache montbéliarde

Vache bretonne pie noir

Vache charolaise

Vache limousine

Pour que la vache ait du lait

Une vache ne produit du lait que si elle est maman. Pendant les 5 à 7 ans de sa vie de vache laitière, elle aura un veau chaque année.

À 3 ans, la génisse (la vache qui n'a pas encore eu de petit) rencontre un papa taureau. Ils s'accouplent et un bébé se développe dans le ventre de la maman. Le veau naît 9 mois plus tard.

Le pis de la vache est gonflé de lait. Le veau tète.

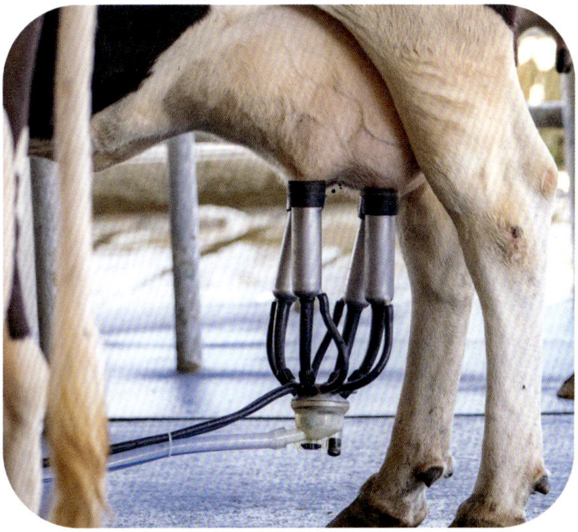

La vache est conduite en salle de traite : son lait partira à la laiterie.

Traire les vaches

Traire une vache, c'est tirer le lait contenu dans son pis, comme le fait un veau qui tète. La traite a lieu deux fois par jour, matin et soir.

Quand les vaches arrivent dans la salle de traite, chacune trouve sa place. Dès que la traite est finie, le fermier nettoie la salle et le matériel.

4. Le lait circule dans les tuyaux jusqu'à une grosse cuve réfrigérante, le tank.

5. Un camion vient chercher le lait pour le livrer à la laiterie.

L'élevage du veau

L'éleveur surveille attentivement les veaux. Pour qu'ils grandissent en bonne santé, la litière doit être propre et l'étable bien aérée.

Le veau est né. Sa maman le lèche pour le nettoyer. Le veau va téter le premier lait, très nourrissant.

On pose des boucles d'identification aux oreilles du veau. On y lit son numéro. L'une des boucles est électronique.

Le veau est séparé de sa mère le jour de sa naissance, ou un peu après, et nourri au biberon.

Plus tard, il apprend à boire dans un seau. Certains seaux sont dotés d'une tétine pour que le veau continue à téter.

Dès l'âge de 2 semaines, les veaux reçoivent de la nourriture solide : du foin et du fourrage vert. La ration de lait quotidienne est peu à peu diminuée.

Les premiers jours qui suivent sa naissance, le veau doit être gardé dans un box isolé, à l'abri des courants d'air et des microbes. Après une semaine, il est préférable de regrouper les veaux afin qu'ils bougent plus librement et qu'ils aient de la compagnie.

Les éleveurs peuvent choisir des machines qui distribuent automatiquement le lait. Le veau passe dans un box spécial : il est aussitôt identifié grâce à sa boucle d'oreille électronique. La machine sert la ration calculée pour lui.

Le bélier, la brebis et l'agneau

Les moutons ne sont pas tous blancs et frisés.
Certains ont la tête noire et un corps blanc, d'autres sont tout noirs.

Le mouton mâle est le bélier. Il a des cornes. Le mouton femelle est la brebis.
Au printemps, elle donne naissance à un ou deux agneaux.

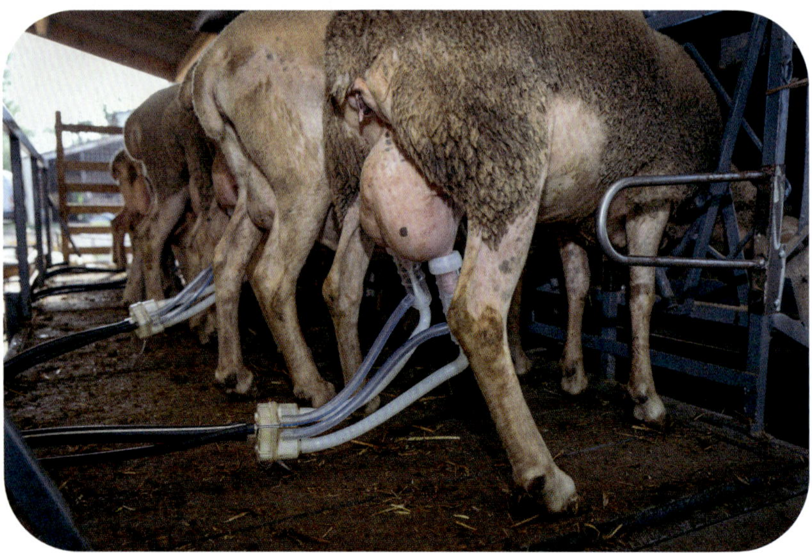

Les moutons sont élevés pour leur laine, leur viande et le lait
des brebis, avec lequel on fait du fromage comme le roquefort.

Des races de moutons

Mouton Lacaune

Brebis causses du Lot

Bélier mérinos d'Arles

Mouton suffolk

Brebis noire du Velay

Brebis racka (de Hongrie)

Mouton jacob

Tondre la laine des moutons

Les moutons sont tondus une ou deux fois par an. La toison de laine d'un mouton peut peser 4 à 5 kilos ! Elle sera lavée, démêlée et filée.

La tonte a lieu au début du printemps. Ainsi, la laine repoussera avant l'hiver et le mouton sera protégé du froid.

On utilise une tondeuse électrique, ou encore des ciseaux. Le berger maintient le mouton entre ses jambes. Il tond d'abord la laine des pattes et des jambes, puis le reste de la toison. En cinq minutes environ, toute la laine est enlevée.

Le bouc, la chèvre et le chevreau

Boucs, chèvres et chevreaux se régalent d'herbe, de bourgeons et de fleurs. Comme la vache, ils ruminent.

La chèvre donne naissance à un ou deux chevreaux chaque année.
Dans le pré, les petits reconnaissent leur mère à sa voix et à son odeur.

Les boucs dégagent une forte odeur.
Ils se battent parfois à coups de cornes !
Celui qui gagne devient le chef.

La chèvre est très agile et peut se déplacer sur les rochers escarpés. Elle grimpe parfois dans les arbres.

Des races de chèvres

Les éleveurs choisissent les meilleures laitières. Parfois ils élèvent des chèvres plus rares, qui s'adaptent bien à la vie dans leurs pâturages.

Chèvre saanen

Chèvre alpine

Chèvre poitevine

Chèvre des Pyrénées

Chèvre angora

Chèvre rove

Chèvre boer

À la chèvrerie

Quand elles quittent les pâturages, les chèvres sont à l'abri dans la chèvrerie. Elles vont chaque jour en salle de traite pour donner leur lait.

En salle de traite, chaque chèvre fournit plus de 2 litres de lait par jour. Il est transformé à la ferme ou dans une laiterie pour fabriquer du fromage ou des yaourts.

Après sa naissance, le chevreau est séparé de sa maman. Il s'habitue à téter un biberon donné par le fermier. Parfois, c'est une machine qui distribue le lait. On l'appelle la louve.

Le verrat, la truie et le porcelet

Le verrat, la truie et leurs nombreux bébés porcelets font partie de la famille cochon. On les appelle aussi des porcs.

Excepté pendant la période de reproduction, le verrat ne vit pas avec les truies.

Le cochon mange tout ce qu'on lui donne : maïs, pommes de terre cuites, farine… Avec son groin, il sait déterrer les racines, les insectes et les vers.

La truie qui allaite est parfois maintenue dans une cage pour ne pas écraser ses petits.

La truie peut avoir au moins dix porcelets deux fois par an. À la naissance, chaque porcelet cherche sa tétine. Il boira toujours à la même, qu'il reconnaît à l'odeur. S'il manque une tétine, le petit sera adopté par une autre mère ou nourri au biberon.

Des races de porcs

*Tous les porcs ne sont pas roses et ne font pas la même taille.
On les reconnaît aussi à la position des oreilles : droites ou tombantes.*

Porc landrace

Porc piétrain

Porc basque

Porc *large white*

Porc nustrale

Porc cul noir du Limousin

Porc gascon

Les élevages de porcs

Les porcs sont élevés soit en plein air, soit en porcherie. L'éleveur les nourrit avec des granulés ou des farines qui contiennent du blé, du maïs, de l'orge.

Ces porcs vivent en plein air.
S'il pleut, ils se réfugient dans la cabane.

Ceux-là vivent dans la porcherie :
le sol est recouvert de paille.

Ici, le sol est caillebotis : les déjections des porcs s'écoulent dans les trous.
Mélangées à l'eau de lavage, elles forment le lisier qui servira d'engrais.

Le coq, la poule et le poussin

Ce sont des oiseaux, mais ils ne volent que pour gagner leurs perchoirs. Ils ont peur des rapaces et des renards qui rôdent la nuit !

Les coqs et les poules vivent dans un poulailler, tout près de la maison des fermiers. Comme elles n'ont pas de dents, les poules avalent des cailloux qui broient la nourriture dans leur gésier (estomac). Elles aiment les graines et les vers de terre.

Le coq est le mâle des poules. Tôt le matin, il réveille les habitants du poulailler en chantant « cocorico ».

Les petits sont les poussins. Dès qu'ils sortent de l'œuf, ils se nourrissent seuls mais suivent la poule partout.

Des races de poules

Poule sussex

Poule coucou de Rennes

Poule naine soie

Poule rousse

Poule marans

Poule cou-nu

Poule bresse gauloise

L'élevage des poules et des poulets

Les poules vivent soit en plein air, soit en batterie. Elles sont élevées pour leurs œufs. Chacune en pond 200 à 300 par an.

Pendant la journée, ces poules qui sont élevées en plein air sortent sur un parcours couvert d'herbe. Elles peuvent gratter le sol pour chercher les vers et picorer les grains. À la nuit tombée, elles retrouvent leurs perchoirs et leurs pondoirs.

Les poulets sont de jeunes poules ou coqs élevés pour leur chair. Certains évoluent en plein air, d'autres sont rassemblés par milliers dans de grands hangars fermés et éclairés grâce à la lumière artificielle.

Le canard, la cane et le caneton

Les canards sont des oiseaux élevés pour leur viande. Le mâle a des couleurs vives. Sa femelle, la cane, donne naissance aux canetons.

Les canards ont besoin d'eau pour barboter. Ils y plongent l'avant du corps à la recherche de vers et de têtards. La nuit, ils regagnent leur abri.

L'élevage des canards

On peut aussi élever les canards pour produire du foie gras. Le canard reçoit dès la naissance une nourriture riche.

Quand les canetons sont âgés de 2 à 3 semaines, ils ont accès à un parcours extérieur. Ils y grandissent pendant 3 mois environ.

Les jeunes canards sont ensuite placés dans un bâtiment bien aéré et équipé pour le gavage. Soit ils ont une cage chacun, soit ils sont plusieurs dans la même. Ils y restent 10 à 17 jours. Ils sont nourris matin et soir avec du maïs en grains ou broyé.

Le jars, l'oie et l'oison

Attention aux oies ! Elles pincent avec leur bec. Elles vivent en troupeau avec le mâle, appelé jars, et les bébés oisons.

Quand elles marchent, les oies se dandinent. Elles nagent aussi. Les mâles et les femelles gardent ensemble leurs petits.

Le jars peut s'accoupler avec une ou plusieurs femelles.

Les oies crient en cas de danger. On dit qu'elles cacardent.

Des races d'oies

On élève l'oie pour sa chair, pour les petites plumes qui couvrent son ventre (le duvet) et aussi, comme le canard, pour produire du foie gras.

Oie de Toulouse

Oie normande mâle

Oie normande femelle

Oie de Guinée

Oie d'Alsace

Oie blanche du Bourbonnais

Oie huppée de Castres

Oie flamande

Oie grise du Marais poitevin

Le lapin, la lapine et le lapereau

Jusqu'à six fois par an, la lapine met au monde une portée qui compte environ huit lapereaux. À leur naissance, ils sont aveugles et sourds.

La lapine a tapissé son nid avec les poils les plus doux de son ventre. Les petits aiment creuser dans le foin pour s'y cacher bien au chaud. Ils dorment une grande partie de la journée.

À 11 jours, les lapereaux commencent à ouvrir les yeux.
Leur poil s'allonge et leur donne de la chaleur. Ils sont vifs et jouent dans le nid.

Des races de lapins

On trouve des lapins de différentes tailles et de différentes couleurs. Certains ont le poil très long et tout doux.

Lapin géant papillon

Lapin géant des Flandres

Lapin grand russe

Lapin fauve de Bourgogne

Lapin argenté de Champagne

Lapin angora

L'élevage des lapins

On élève le lapin principalement pour sa chair, parfois en batterie. Quelques rares espèces sont encore choisies pour leur fourrure.

Les lapins sont élevés dans un clapier au sol couvert de litière. Les mâles sont isolés. La lapine, elle, partage la cage avec ses petits. On leur donne souvent des granulés nourrissants, des carottes, des feuilles de salade ou des pelures de légume.

Ces lapins, élevés en agriculture biologique, vivent dans des cages mobiles. Ils peuvent grignoter et gambader sur l'herbe. Le grillage les protège des animaux. L'éleveur déplace régulièrement la cage.

JEUX

Les pages qui suivent
te permettent de tester
tes connaissances
en t'amusant.

Cherche l'erreur

Dans cette ferme, des personnages et un accessoire étranges se sont installés. Commence par les repérer !

Regarde les vignettes de chaque côté.
À toi de montrer où les placer pour que tout redevienne normal !

Réponse : Les intrus sont la gazelle au lieu de la chèvre), le buffle (au lieu de la vache), le perroquet (au lieu de la poule), le crocodile (au lieu du canard), le kangourou (au lieu du lapin), le sanglier (au lieu du cochon), le zèbre (au lieu du cheval) et le garçon en voiture de course (au lieu du tracteur).

Vérifie tes connaissances

Tu as appris beaucoup de choses sur l'agriculture et l'élevage dans cette imagerie. Essaie de répondre aux questions.

1 Quelle grosse machine est utilisée pour couper le blé et pour récolter les grains qui serviront à faire de la farine ?

2 La traite des vaches ne se fait plus manuellement. Comment s'appelle la machine utilisée par les fermiers ?

3 Le poussin se développe dans l'œuf de la poule pendant 3 semaines. Quand il est prêt à sortir, que fait-il ? Il casse la coquille avec son bec ou il pousse de petits cris pour que la poule l'aide ?

Réponses : 1. La moissonneuse-batteuse. 2. Une trayeuse. 3. Il casse la coquille avec son bec.

Les produits de la ferme

Relie chaque produit aux animaux ou aux plantes à partir desquels il a été fait. Attention, certains peuvent avoir la même origine !

A

B

C

D

E

F

G

H

1

2

3

4

5

6

7

8

Réponses : A et 4. B, 1 et 2. C, 1 et 2. D, 1, 2 et 6. E et 3. F et 5. G et 7. H et 8.

Autrefois : du champ de blé au pain

À gauche, les dessins montrent les différentes étapes du champ de blé au pain.

1 Labourer le champ.

2 Semer les grains de blé.

3 Moissonner.

4 Moudre la farine.

5 Pétrir la pâte et cuire le pain.

Relie chaque image d'autrefois à la bonne étape.

A

B

C

D

E

Réponses : 1 et C, 2 et D, 3 et A, 4 et E, 5 et B.

Fruit ou légume ?

Parmi les produits ci-dessous, lesquels sont des fruits ? Lesquels sont des légumes ? Pas toujours facile de répondre !

Réponses : Fruits : tomates, poivrons, piment, cornichon, concombres, courgettes, aubergines, olives, châtaignes, avocat, citrouille, cacao. Légumes : Carotte, radis, pomme de terre, endive, asperges, poireau, artichaut, ail, oignon, fèves, choux de Bruxelle, chou-fleur.

Crédits photographiques

Couverture : © iStock et illustrations de Sandrine Lamour. Sommaire : images de l'intérieur. Page 10 : tout provient de © Shutterstock. Page 11 : tout provient de © iStock. Page 13 : tout provient de © Shutterstock. Page 14 : Ferme urbaine © Shutterstock. Page 17 : Largage de produit et buses © Shutterstock • Coccinelle devant pucerons et larve © Shutterstock • Syrphe devant pucerons © Stéphane Vitzthum/Biosphoto. Page 18 : © iStock. Page 19 : © iStock. Page 26 : © iStock. Page 27 : © iStock. Page 29 : tout provient de © Shutterstock. Page 30 : tout provient de © Shutterstock, sauf le blé © iStock. Page 34 : © iStock. Page 35 : tout provient de © Shutterstock, sauf les rizières asiatiques © iStock. Page 36 : tout provient de © iStock. Page 37 : © Shutterstock. Page 46 : Récolte des fèves © Jean-Michel Groult/Biosphoto • Fève © Shutterstock. Page 47 : Petits pois © Digitalice/Biosphoto • Récolte des petits poids © Shutterstock • Récolte des haricots verts © Yann Avril/Biosphoto • Haricots blancs et haricots rouges © Shutterstock. Page 48 : tout provient de © Shutterstock. Page 58 : tout provient de © Shutterstock. Page 59 : tout provient de © iStock. Page 61 : Vache et son veau © Shutterstock • Veau qui tète le pis © Claudius Thiriet/Biosphoto • Traite de la vache © Shutterstock. Page 64 : tout provient de © Shutterstock, sauf les deux veaux allongés dans le foin © iStock. Page 65 : © Shutterstock. Page 66 : tout provient de © Shutterstock, sauf la pelote de laine © iStock. Page 68 : tout provient de © iStock. Page 69 : tout provient de © Shutterstock, sauf les chevreaux tétant leur mère © iStock. Page 71 : Traite des chèvres et fromage © Shutterstock • Chevreaux © iStock • Chevreau et biberon © iStock. Page 72 : tout provient de © Shutterstock. Page 75 : tout provient de © iStock, sauf la poule et ses poussins © Shutterstock. Page 79 : © iStock. Page 80 : Oies et oisons © Shutterstock • Jars, oie et oisons © Michel Gunther/Biosphoto • Oie des neiges © Sergey Gorshkov/Minden Pictures/Biosphoto. Page 82 : © Claudius Thiriet/Biosphoto.